詩集

叫び

重光はるみ

詩集　叫び＊目次

Ⅰ

Ⅱ

詩集　叫び

I

牛窓

初夏になると無性にオリーブの丘へ行きたくなる
私のふるさとは岡山県南の牛窓
半島と島々で成っている

生家は半島の北側
南側は昔から海路の要の町として栄えていた
丘の南斜面にはオリーブ園が広がって

今日はええ天気じゃなあ

オリーブ園へでも行ってみるか

子供のころ
さわやかに晴れた日曜日に父が声を掛けると
母も私もすぐ賛成して
よく一緒にこのオリーブの丘に登った

凪いだ瀬戸の内海はきらめき
その向こうの島々は
霞の中にぼうっと浮かんでいる

丘の上からのんびり海を見ていると
心がほぐれていく
　ここの景色は日本一じゃなあ

よそへあまり行ったこともないのに
母は満足げに言った

青い空には刷毛で掃いたようなすじ雲
時折涼しい風がさあっと通って行く
オリーブの木には白っぽい緑の粒粒の花が咲いて
小さな実も生っている

母は
　しーろがーね色のー　葉にそーよぐー
と「オリーブの花咲くころ」を歌い出した
私も声を合わせて歌った
そのころのオリーブ園は赤屋根の家が一つあるくらいで
観光客はほとんどいなかったのだ

それから私達は　てっぺんの草はらに腰を下ろして
いつまでも海を見ていた

今もこの日のことがよみがえると
私は満ち足りた気分になる

父のアルバム

校長室で写真屋が撮ったものは見たことがあった
町の写真屋は修整上手と評判だったが
　ありゃ　ほくろはこっちじゃったかな
額のほくろに指を当てて
左右反対に修整されたと
何度も話題にしては笑いを誘っていた

スキー場で顔をくちゃくちゃにして笑う父がいた
白い歯を見せてはしゃいでいる

初めて見た
どこのスキー場なのか
職場の仲間と行ったのだろうか
家でこんな顔を見たことがなかった

父のアルバムは数頁で途切れていた
箱には未整理の写真が山盛りだったが
その上に茶封筒が重ねてあり
中に数枚の写真があった

家族そろって庭に立っている　私はまだ小学生
同じ日のがもう一枚
父と母が照れた顔で並んで芭蕉の前に立っている
縁側で皆に囲まれて生後まもない初孫を抱く父もいた

結婚二十五周年記念式典に出席しているのもある
母は着物に羽織の晴れ姿で父の隣に座っている
嬉しさを隠そうともせず顔をほころばす二人
特別な記念日
見覚えのある写真があった　確か私が撮ったもの
私は中学生だった
春先のある日　いつになく暖かい日差しに誘われて
三人で村の東端の岬へ散歩したのだ
岩に腰を下ろし春風に吹かれて海を見ている父と母
父の傍にはいつも母がいて――

母は四十九歳で亡くなった
そっと仕舞われた過去

真面目ひょうきんで穏やかな父だったが
胸の奥底には隠された洞があり
母のことも慶びの日のことも静かに重ねて蓋をしていた

母の匂い

母は幼稚園でミルク炊きのおばさんをしていた
幼稚園は山を越した向うの町にある
給食室で大きな鍋に水と粉ミルクを入れ火にかけて
杓でかき回して沸かす
幼い私は母のそばで　立ち上る甘い匂いを嗅いでいた

我が家は子供五人の八人家族
働きに出て暮らしの足しにしたのだろう
三歳になったばかりの私を四角い竹の籠に乗せ

自転車の荷台にくくりつけて
山の麓を海岸沿いに回って通った
潮風の吹くでこぼこ道
ガタンと跳ねるたびに母は振り向いて
声を掛けてくれた
私はしばらく畳部屋の赤組へ預けられたようだ

四歳になると山越え道を集団で歩いて通園した
折り紙だったか貼り絵だったか
うまくできずしくしく泣いていると
　もっと大きい声で泣かれえ
　家まで聞こえてお母さんが来てくれるかな
と叱られた
先生は母が給食室にいることを知らないらしかった

私は声を張り上げた　けど母は来なかった
なぜかほっとした

ある雨の日　母は大失敗をした
雨に濡れた子のスカートを給食室で乾かしていて
誤って何枚か焦がしてしまった
慌てて衣料品店へ走り代替えの品を調達した
あとで一軒一軒お詫びに回ったのを覚えている
　こんなサラのいいものにしてもろうて
どこの家も笑顔で許してくれた

母が給食室へ通ったのは三年ほどだったろうか
粉ミルクは外国から来た脱脂粉乳
戦後日本の子供たちへの援助物資と聞く

くわしいことは今も知らないが
私はあのさらっとしたミルクがひそかに好きだった
母の匂いがした

おくどの台所で

トントントントン……
包丁の音で目が覚める
障子を開けると母が振り向いた
　起きたんじゃなあ

何でもない朝なのに
この日のことが時々浮かび　私を温める
いつもは離れの部屋でおじいさんと寝る
だが　この日はめずらしく母の布団で寝ていたのだ

湯気の立つ羽釜からおねばをふきこぼして
ごはんが煮えていた
おくどで割木が勢いよく燃えている
朱い炎が焚き口の中を真っ赤にして
音を立てて奥の穴へ走る
やがて炎はゆらいでだんだん小さくなった

みんながそろうと朝ごはん
日常が始まる
羽釜の蓋をあけると
炊き上がったごはんの上に押し麦
灰色で平べったくて真ん中に焦げ茶の筋
母は麦をそおっとよけて

白いごはんを掬って小皿に盛る
それを大きい姉さんが神棚へ供えた

あとはしゃもじで混ぜ込む
口の中でうしゃうしゃした
一口残して箸を置くと
　麦は栄養があるんじゃてえ
母が言う
　食べてしまいんせえ
父に言われた

おかずはみそ汁と漬物
汁の具は刻んだ野菜と豆腐か油揚げ
ダシはいりぼし

丸ごと入れてあった
頭と骨だけ残して身は食べる

掃き出しのガラス戸を開けると
海からの風が路地を通って入って来て
家の中を吹き抜けた
外では猫が二、三匹　日課のように待っていて
顔を上げて　ニャーとねだる
おじいさんがいりぼしの頭を抛ってやる

戦争が終わって五年にもならない頃
海辺の村の平屋の家に生まれて
幼い頃から何の不思議もなくおじいさんと寝ていた

二歳上の兄は心臓病
父と母はこの兄を傍に置いて寝ていたのだろう
一時　療養施設に預けられたらしい
そのとき私は父母と一緒に寝たのかもしれない
私が一年生のとき　兄は八つで死んだ

大勢の家族の中で一番小さい私は
世の中のことも知らず　家族のことさえ知らず
のほほんと暮らした

叫び

　オカーサーン　オカーサーン
父は死の間際　深い眠りの淵にいながら
何十遍も叫んだ
　どうしたん　お父さん　大丈夫よ
いくら声をかけても目を覚まさず叫び続けた

やがて鎮まり　大いびきをかいて眠り
口を開けたまま静かな息になった
ガーゼをゆるく絞って口の中をぬぐうと

コクリと小さな音を立てて水滴を飲み込んで
ぴたと息が止まった

母が四十九歳で亡くなったとき　祖父は
　お父さんはまた嫁さんをもらうかもしれんぞ
と言った　だが再婚はしなかった

私がいつまでも母を慕うように
父もあの母を胸の奥に仕舞っていたのではないか
死の淵で声をからして呼んだのは
自分を生んだ母親でなく
あの母にちがいない

母は私が十六歳のとき　病で逝った

やり場のない哀しみ　寂しさ　張り裂けそうで
家族はいらだちぶつかり合う
暗闇が出口を塞ぐ
それでも父は　教職を定年までし終えて
兄　姉　末娘の私とあいついで縁談をまとめた
長い時をかけて　穏やかで飄々とした父に戻った
奥底にはいつも母が居て対話していたのだろう

一度だけ　父の慟哭を聞いた
薄暗い納戸で

Ⅱ

イチゴ摘み

私達は知り合って半年ほどで結婚した
嫁いだところは人里離れた丘の中腹
「古道里《こどうり》」という名の　隠れ里のようなところだった
海辺で育った私は雑木や竹林で囲まれた地は寂しかった

丘の上の畑で夫とイチゴ摘みをしたことがある
嫁いだばかりの私は初めてその畑へ行った
二人でうきうき歩く
家のそばの急な坂をぐるっと回って藪を越えると

てっぺんが明るく開けて大畑が広がっていた
姑が育てた露地植えのイチゴ
濃い緑の葉の中にぽちぽちと赤く光っている
表だけ赤くて裏がまだ白いのもある
　これはどうかな
　まあ　そのくらいならよかろう
夫は少し色づいていればもう摘んでいた
私も負けずに摘む
どんどん摘んで籠を満たした

六月の晴れた空の下
二人だけの世界
遠くに町が見え　そのはるか向こうには

筋になってまぶしく光る海
汗ばむ額を風がさわっとなでていく

家に帰ると姑はいそいそと出迎えた
　熟れとったかな
夫の差し出す籠を一目見るなりくすくす笑う
　まだちょっと早かったなあ
よく見れば半分白いのや薄いピンクばかり
つやつや真っ赤なイチゴは数えるほど
これもこれもと夢中で採ったのだ
急に笑えてきた

初夏の青空は私をあの日の丘へ誘う
記憶の底で

若い日の一コマが鮮やかに動き出す

初めての

生まれ出た初めてのわが子をおそるおそる抱く
うぶな二十代だった
赤ん坊はふわふわでくにゃくにゃで
どう扱ってよいか
うれしさ　とまどい　半々だった

びくびくの私の手の中の子を
横から攫っていく姑
ほっとしながらも

どこかさびしく　もやもやした

あやしても泣きやまず泣きじゃくるのを
姑は
　おうおう　そりゃそりゃ
抱きかかえてゆする
初孫なのだ

子育てのやりかたを私はろくに学んでいなかった
うだる母乳を含ませながらも
仕事復帰にそなえてミルクも飲ませた

姑は抱いた子を離さない
　育てるんは私じゃ

という
勤めが始まり　家に帰ると
　忙しかろう　仕事をすりゃあええぞ
乳を飲み終えた子を引きとった

忙しかったのはほんとうだ
だが帰ったときぐらい
飽きるまでわが子を抱いていたかった
姑の好意がうらめしかった

お節

二段重ねの漆塗りの重箱は艶のある黒塗りに折鶴や扇の模様
紅い繻子《しゅす》の布で包まれて木箱の中で大晦日を待っている
木箱をあけると　蓋の裏に
「賞　日本専売公社」の墨書
夫の父が葉タバコ品評会でもらったもの

管理の難しい葉タバコ作りを
熱心に研究し　粘り強く用心深く気配りした
苗から育てて葉を収穫　乾燥庫に吊るして三日三晩つきっきりで火の管理

温度計をにらみながら徹夜で火を焚き火を落としまた焚いて乾燥させる
家族や親戚を動員して厳重に従わせ　高品質のものを作ったのだ
戸棚にいくつも受賞記念の品がある
大皿　丸盆　角盆　蓋物　茶道具　置時計　大風呂敷……
鹿児島まで出向き白衣を着て指導をしている写真が残っている

重箱の内側は丹塗り
正月にはお節を詰めて年に一度の晴れ舞台へ
一の重は口取り　二の重は煮しめ
漆塗りの重箱は格調高く　厳かな華やぎがある

私が嫁ぐ前
この重箱は押し入れに仕舞ってあった
年末まで農作業に追われ　餅つきをするのがやっとだったのだ

優雅にお節料理を作って楽しむことなどなかったろう
葉タバコ耕作を止め　私が来てはじめての正月を迎えるとき
姑はこの重箱を出して見せた
　こりょう《これを》　使ゃぁええよ

立派なお重に思わずわあっと声を上げた
質素倹約の日々を一気に抜け出して雅な世界へ誘われる
手間暇かけてお節を作り　わくわくして詰めた

今は私ら夫婦の別荘となったこの家に　正月は三家族集まる
お節は手抜きが増えたが　お重は健在　かの日を連れてくる

竈《かまど》

子供の頃　生家には竈があり「くど」と言っていた
焚口に薪をくべて煮炊きした
御飯は羽釜で炊く
私が嫁いだ家は電気炊飯器にガステーブルだったが
台所は三和土《たたき》の土間のままで
隅に竈も残してあり　ときどき使われた

上の子が幼稚園に通い始めると
「朝ごはんはお母さんにしてもらおうかな」

姑は台所を嫁の私に任せた　が
家族の誕生日には必ず早起きして
竈に羽釜をかけ　夜明け前から湯を沸かして
蒸籠《せいろ》で赤飯を蒸す
私は甘い湯気の匂いを寝床で嗅ぐ
「そういえば　今日は夫の誕生日だったな」
その日は皆匂いにつられ顔をほころばせて台所へ集まる
朝のあわただしさの中　家族そろって
湯気の立つ赤飯をほくほく食べて祝った

餅つきのときは一升五合ずつ三回に分けてもち米を蒸す
湯気が上がると皆笑顔になり　めでたさに包まれる
餅つきは夫の仕事　石臼を土間に運び杵で搗く
きなどりは姑がした

ぺったん　ぺったん　音が弾んで気分も浮き立つ
私はもろ蓋[*1]やはんぼう[*2]に片栗粉を振り敷き
搗きたての熱々をはんぼうに受けて丸い小餅にちぎる
子供たちも舅も寄ってきて皆でもんで　もろ蓋に並べた

舅も姑も旅立って久しい
土間も竈もとっくに潰えた
赤飯の出番はなく　餅は市販の袋入り
臼はトラックで運ばれて街の施設へ貰われたが
羽釜や蒸籠はどうなったろう

遠い記憶の中で湯気がのぼる
甘い匂いに包まれて
家族で祝うほのかなにぎわいが浮かぶ

＊1　もろ蓋＝浅い長方形の木の箱
＊2　はんぼう＝寿司飯を混ぜるときなどに使う浅く円い木の器

森の道

谷から吹く風が桜の花びらを舞いあげたら
九十歳の姑は目を覚まし草履をはいて歩きだす
思いがけない速さで石垣の根を曲がった
私はあとを追う
どこまでゆくのか
　久しぶりに歩いてみとうてな

谷を横切り切通しをくぐると
もうひとつの谷へ出る

谷を堰き止めた池には楡の木が垂れて
気味悪い陰をつくっている
まむしが棲み日なたの道で鎌首をもたげる
　せわあねえ《大丈夫》

土手道を進むと
うす暗い雑木林へ吸い込まれる
洞のあるクヌギや樫のトンネル
道に種々のどんぐりが散らばっている
　先ぃ帰りゃあええぞ
付き添いを遠慮がちに拒んだ
神社へ参る慣れた道
ひとり歩きを楽しみたいらしい

春の陽気に預けて引きかえしたが
日が傾き始めても帰らない
迎えに出たが姿が見えない
やはりついていけばよかったか

夕日が西の空を染めて落ちかけたころ
頬を紅潮させて帰って来た
　道がわからなんだ
目に輝きを残して遠くを見つめる

　お宮からうちの畑へ行く道があったはずじゃが
何十年も通ったことのない山越えの道
私の知らない森の道
記憶をたよりに越えようとしたのか

まだ越えたいものがあるのだ

うた

村では年に一度バスを仕立てて観光旅行をする
日ごろの苦労を笑い飛ばしてみな愉快になる
姑も行ってみようかと　おずおず言うと
　お前《おめえ》がどうして行けりゃあ
黙るしかなかった
下の世話の要るお婆さんの介護があったのだ
　玉枝さんでも澄子さんでもおるのに
近場へ嫁いだ義妹に一日ぐらい頼めたろうにと
くすぶる思いを押し込んで蓋をしたにちがいない

お婆さんも舅も逝き　姑は自由になったが
もうどこへ行きてえとも思わんようになった
行きてえときに行っとかれえよ
わたしゃあ　世話ぁねえ
姑は私ら夫婦におおらかだった
賢い人だ
おとなしく一人でよく留守番をした

納戸から姑の声が聞こえる
調子っぱずれだがうたを歌っているようだ
あれは戦後の流行歌のひと節
耳をそばだてていると　また歌いだした
♪だまって見ている青い空

リンゴはなんにも言わないけれど
　リンゴの気持ちはよくわかる
姑がうたを歌うのを初めて聞いた
このフレーズを声を張ってくりかえし歌う

そおっと襖をあけると眠ったままで歌っている
夜も日もベッドに就く晩年の眠りの中で
うたに乗ってふっと浮き上がったもの
青い空やリンゴを長年胸に住まわせていたのだろう

日記帳

舅は日記を欠かさず付けていた
抽斗の二つ付いた小さな坐り机を座敷の隅に置き
座布団にこぢんまりと正座して
几帳面な達筆で日常を綴った

私が嫁いだ時　すでに階段下のガラス戸棚には
古い日記帳が黒い背を向けて
ずらりと並べてあった
何が書いてあるか読んだことはない

最晩年になっても
年末には三年連用日記を求めていた

舅は嫁の私には小言を言わなかったが
姑には偉そうな物言いでよく叱りつけた
日記を付けているとき座敷を急ぎ足で横切ると
じろりと振り向いて低い声で
　畳が揺れるがな
と言った
あれは私に言いたかったのだ

夫は厳格な舅とよくぶつかった
うっかり同じことを訊こうものなら
　何遍訊きょんなら

吐き捨てるように言われる

一度も口答えするのを聞かなかったが
舅が死ぬと　夫と姑は
惜しげもなく日記帳を燃やした
　こんなもんが何になりゃあ
何十冊もさばさばと片付けた

亡くなる寸前の白紙の多い一冊だけが免れた
珍しく赤い表紙
MY　LIBRARY と書かれたなめし革風の装丁
めくってみると
細字の万年筆で上の段にぎっしりと
二月の終わりまで書かれていた

元旦の所感に始まり　翌日の頁に
私の名前がちらっと見えた
驚いて目を走らせると
私が実家へ年始回りしてきたことが記されて
「……日暮れ頃帰家したが、
　あれでは忙しいことだったろう」
気づかってくれていたのだ

改めて初めから終いまで読み通した
出来事の記録に加えて
家族への気配りがあちこちに見えて
嫌味や苦言はどこにもなかった

佐伯

九十一歳の姑は彼岸へ渡る直前　深い眠りにいたが
弟が駆けつけて声を掛けるとふと眼を開けた
　お姉さん分かるか　佐伯じゃあ
だが開けた眼はうつろに宙を見つめるばかり
諦めて帰ろうとしたとき
　ハルか
正気の声で応えて　みんなを驚かせた
　気が付《ち》いてよかった　気う付けて帰りんせえ
年の離れた弟を　姉として気遣う

佐伯は姑の生家の地
姉弟の一番上で女子師範に入る
初めての春休みに帰省すると　母が
　ねんねが出来たんで
と赤ん坊を見せた
「春生《はるお》」と名付けられた十五年下の弟
六番目の子だった

進級試験はスペイン風邪で受験できず
留年も許されず　退学して
代わりに高等看護婦の試験を受けて合格した
病院勤めを数年したが結婚して家庭に入る
やがて戦争がはじまり　上の弟二人は相次いで戦死

春生が跡取りとなった
背が高くがっしりした体　朴訥で気がいい
農業用大型機械を使い狩猟の銃も扱う
ウイスキーをよく飲んだ
車で姉の家へ颯爽とやって来てよく米を届けた

姑は家業の葉タバコ耕作で年中忙しく
夏休みには実家の佐伯へ三人の男の子を預けた
子供たちは嬉々として出掛ける
自分らだけで列車を乗り継いで佐伯へ行く
虫取りや草むらの探検　考えただけで胸が高鳴る
佐伯のおっつぁんはいつでも子供たちを笑顔で迎えた

姑は晩年施設に入り週に一度家に帰った

職員に家はどうだったかと尋ねられ満面の笑みで答える
　とても楽しかった
どこへ行っとったんと訊かれると　迷わずいう
　佐伯

Ⅲ

若宮様の桜

古道里《こどうり》の我が家の裏の小高いところに
小さな社があり　祀られているのは古の若宮様
春には祭りがおこなわれるのだが
若宮様に上がる道が見えない
丈高い草をかき分けてやっと辿り着いた

近くで鶯が鳴いている
社の前に大きな桜の木が二本
隆々とした枝ぶりで立っている

満開の花は白く霞んで　青空に浮き上がって

どこを通って来たのだろう
子供たちが五、六人　甲高い声をあげてやって来た
うちの息子もいる　うしろに一年生の妹も
　さくらー　さくらー　やよいのそーらーはー
桜の下で声を張り上げて歌ったり
木にのぼって腰かけたり
鬼ごっこをしたり
子らに交じって見慣れぬ衣装の子が幹の裏に隠れた
うすぎぬの裾がちらと覗いたような

夜　桜に灯が点る
たった一個の裸電球で　桜全体がぱあっと光る

ぼんぼりのようじゃ
夜空に浮かぶ桜に誘われて遠方からも集まる

村役がきて提灯を連ねてぶら下げた
夜桜祭りが始まる
男も女も歌い踊り飲み　笑い声をあげて夜更けまで
夜の桜は妖艶に覆いかぶさり人々を酔わせる
いつ来たのだろう　幹にもたれて眠る雅な装束の若者
ひらひらと花びらが散りかかり
渦巻き舞い散る無数の花びら

風が止む
あたりは一面笹の原
誰もいない昼下がり

二本の桜はやせ細り笹の中に立って
遠いむかしを物語る

逃げる

追いかけられている
逃げても逃げても背後に気配

築九十年の田舎家は物であふれ
整理がつかず　そのまま抜け出して
海鼠壁の蔵の並ぶ町に来た
小川が流れ遊歩道沿いに柳と桜の並木

築十五年の中古マンション

黴で黒ずんだ壁
垢汚れた絨毯
がばっと開く無神経な開き戸
狭い空間をさらに小さく区切った間取り
　年取ったら狭い方がいいよ
誰に言ってもそう返されるのだが
ここを我が根城とできるか

壁紙　絨毯　引き戸　トイレ
以前の面影をすべて消し去り新しい家具を入れた
ダイニングテーブルは渋い色の天然木
精一杯の贅沢
肘掛け椅子に深く腰を掛けて
切り取られた空と景色をぼうっと眺めている

束の間　追われていることを忘れて

暮らし始めてひと月
久々に古巣へ帰る
仏壇に樒《しきみ》とお茶湯を供えて不義理を詫びる
襖を開けると　積み上げられた本の山　書類の山
もらいっぱなしの手紙類　脱ぎ捨てた大量の衣服
あのときのまま　そこにある
　放っとくのか　それでいいのか
声なき声が私を責める
襖をそっと閉めた

明日はマンションへ帰ろう

家を出る

「この家をどうするつもり?」
梁の奥　天井裏　襖の陰
誰もいない部屋のあちこちから
私に問う
いや　今のは息子の声だったろうか

古巣の玄関先は点々と緑なす草
植木鉢にはいじけたアマリリスの小さな花
仏壇の樒は葉がめくれて

お供えのご飯もお茶湯も黴びている
神棚も障子の桟も薄茶色の埃
指でなでれば筋が引ける

老いに迫られて町暮らしを選んだ
田舎のしきたりも煩わしく抜けたくて
「この家をどうするつもり?」
答えられずうつむく

築九十年の田舎家
初めて訪れた日
土間をフローリングに変えたばかりで
夫の父も母も大層にこやかに迎えてくれた
梁の太さ天井板の厚さ

田の字型の典型的な百姓家

二階の二間が私ら夫婦の寝室と書斎
床の間も廊下もある広い明るい部屋だった
ここで葉タバコを出荷用に揃える作業をしていたという
正月過ぎると夫は兄と弟と時には従弟と四人
出荷を終えて広くなった二階に万年床で寝泊まりして
勉強したり音楽を聴いたり青春を謳歌したらしい
嫁の私を迎えるためにすべてを片付けて
広々と開け放たれていた
軒の雨どいに幅広い青大将の脱け殻が風に揺られて

何もかも放り捨てて飛び出したが
捨てたものと目が合ってしまった

明日はまた出ていくのに
仏前の茶碗を洗い
温かいお茶とご飯を供え
庭の草抜きをしたりして

「この家をどうするつもり?」
追ってくる声に
背を向けてまた家を出る

帰る

暑さを避けて終日カーテンとエアコンのマンション暮らし
窓を開けると　照りつける太陽　一斉に響く蝉の声
お盆が近い
残してきた家が脳裏をよぎる
奥底で私を急き立てはじめた
　帰らなければ
田舎では　盆前にお坊さんが棚経においでになる
庭の一角に水棚を立てて無縁仏を祀る

座敷には台をしつらえて錦を敷き　お位牌を並べる
十三仏　十一面観音　お大師様の軸も掛ける
昔から姑のしていたとおりに去年も支度した
代替わりした若いお坊さんは
読経の後　軸をじいっと見つめて
　この観音様は本当にいいお顔をしておられますね
来年もまた見せてくださいと言い残して帰られた

お盆には樒を切り　迎え団子を作ってお墓参り
戻られたご先祖様に三度三度お膳を供える
長年のしきたりどおりに去年もまた続けたのだ

離れて暮らす息子と娘が子供を連れてやって来た
いとこどうしの五歳の女の子ふたり

広々とした畳の部屋を走り回ってかくれんぼ
表の二階と裏の二階をこわごわ上がって探検ごっこ
おばあちゃんも一緒に遊ぼうと誘う
田舎の家はおもしろいらしい
そろそろおうちに帰ろうと促されても
まだ帰りたくないと口々にいう

棄てたはずの家が私を呼んでいる
　帰らなければ

土

田舎の家へ帰る私らを土が待ち受ける
土はカラカラに乾き
それでも草はあたりかまわず伸びて
丈高い先端に花を付けている
植えた草花は葉がちぢれ茎は倒れて

家に入る前にとりあえず庭に水をやる
夫は荷を置くなり作業着に着替えて納屋へ向かう
　草枯らしを振って来らあ

息をはあはあさせて坂を下りた

留守の間に
畑はスギナが入りヒメジョオンが生え
納屋の前までオオバコがびっしり
またたく間に土を覆って
　見とれんがな

納屋の前の小さな菜園
夫は芋を植え　玉ねぎを植え　大根を植え
去年は小型南瓜も作った
小さな手で野菜を収穫する孫たち
土の付いたのをかかえてきゃっきゃと運んだ
　今度あの子らが来たら何を採らそうかなあ

だがもう畑仕事は休業
しつこい咳　狂ったリズムで打つ脈
病院通いが始まる
田舎暮らしに見切りをつけて
街へ出た

街の家はビルの一角
土から切り離された場所
ベランダで野菜を作る気もせず
草とりも水やりもなく
ぼんやり窓の外を眺めている
高い空でトンビの声
ふと田舎の畑が脳裏をよぎる

土に呼ばれる

花

秋　田んぼの畦にいきなりわっと赤い花が咲く
燃える赤が連なりお彼岸が来たのを教えてくれる
けれど今年は二週間も遅れた
九月の半ばまで夏が続いて狂ったのか

村に帰ると隣のおばさんが腰をかがめてやって来た
うわさ話が溜まっているらしい
　フーさんはこのごろちょっとおかしいんじゃ
　夜中に大声で念仏を上げるんじゃてえ

彼岸花を摘んで親戚中のお墓に立てたそうな

彼岸花は別名曼珠沙華
天上の花とも言われるのに
縁起が悪いとされるのはなぜだろう
フーさんがお墓に立てたのは間違いだったのだろうか

昔　子供たちは彼岸花を摘んで遊んだ
茎をぽくっと折り　繋がった皮を剝くようにひき延ばして
夢中で首飾りを作って無邪気に見せ合った

私は嫁いで間もない頃
真っ赤な彼岸花を何十本も摘んで
家の花瓶に悦に入って活けたことがある

彼岸花は活けんもんとされとんじゃ
姑に教えられて
意味も分からぬままそれからはやめた

彼岸になったらきっと咲く彼岸花
葉より先に茎が伸びて
あの世から還ってくる人を待ち受けているかのように咲く
束の間あの世とこの世を行き来する鬼籍の人を
赤い列となって道案内する

今年は遅れた
おはぎを作って迎えたが
あの懐かしい人は迷わずに還って来られただろうか
花は今　炎の形で短い命を鮮やかに燃やす

歩く

倉敷川に沿って両岸の河津桜は帯を成す
今年は晴天の日に満開を迎えた
　歩いてみるか
めずらしく夫が声を掛ける

二年前越してきたとき　花の見ごろは過ぎていた
　来年は桜の道を毎日歩けるな
だが夫はいつもの咳に加えて　ひどい息切れと動悸
薬で治らず　夏に手術を決めた

三泊四日の入院で心臓手術は無事終わり
動悸はピタッと治まった
命拾いをした

春の陽が降ってほたほたと穏やかな平日の朝
ひさびさに二人で歩く
川はゆるやかな曲がりを保ち　手入れも届いている
桜と柳が交互に植えられた遊歩道を上流に向かう
歩く人はまばら

　おお　よう咲いとるなあ
ゆるい歩をときに止めて　鈴なりの花枝を見上げる
鴨が幾組かまだ去らずに水に浮かんでいる
ほう　向う岸のは一列に座って日向ぼっこか

　ボタ餅みたい
二人とも思わず声をあげて笑った

橋を渡って折り返し　対岸の遊歩道を歩く
桜に小鳥が五、六羽群れ来て　やかましく鳴く
　ウグイスかな
　いやメジロの雛だな
目の前で花をせわしなくついばんで　ぱっと飛び立った
ヒヨドリや尾の長い鳥も寄ってくる

二人で歩くのは何か月ぶりだろう
夫が元気になっても　私はいつも机に向かい
ずっと時間に追われていたのだ

たわいない会話をしながら　ただ歩く
それだけのことが　何か新鮮
今日はいい日だ　青空がまぶしい

Ⅳ

海町　―牛窓幻想―

海岸のすぐ向うに島があり　瀬戸の潮は時に激流を引き起こす
海沿いを一本中へはいった通りは
潮待ちの船人であふれ　旅館が立ち並んでいる
それにまとわりつくように　遊女屋は旅館の倍ほどあった
床屋　風呂屋　下駄屋　菓子屋や医院も軒を連ねて
通りは島田髷に派手な着物の女が行きかい　色香が漂う
遊びたい男と稼ぎたい女が寄って来る

海町の真ん中を少し外れたあたりに

ひときわ大きな屋根の材木問屋丸屋　造船所に木材を卸していた
丸屋は道の両脇に敷地を持ち　南の一角に店を構えて呉服を並べた
着物は遊女の商売道具　置屋の女将は丸屋で呉服を揃える

八重乃は丸屋の後妻に入った
東京の音楽学校を卒業し　故郷の女学校で教師を務めて
三十をとうに過ぎていたが　色白で目鼻立ちの整った美人
夫は五十二、三　その長男は八重乃といくらも違わなかった
　ありゃあ息子の嫁じゃろうか　女郎上がりかもしれんな
風呂上りなど長男は部屋の窓からじっと八重乃を見つめていた
八重乃は長男の視線を避けて足早に離れの部屋へ入る

八重乃はピアノを弾いた
三味線と小唄を聴きなれた街の人々に

ピアノの音色は新鮮で　まだ見ぬ優雅な世界へ導いた
資産家の奥様方が子女を連れて教えを乞いに来る
八重乃は静かにほほ笑んで　ささやかな音楽教室を開いた
やがて男の子が生まれて　穏やかな日々が続く

息子が八つになったとき　前ぶれもなく夫が急死した
丸屋は長男のものとなる
八重乃は息子を連れて　生まれ故郷の琵琶湖のほとりへ向かった

海町にもう遊女屋も丸屋もない
八重乃のことは誰も知らない
海は記憶を底に沈めて　今日は凪いでいる

蜜柑

——詩人　高祖保*のふるさと——

丸い実の皮を剝いてごらん
蜜柑にはお部屋があるね
お部屋には灯りがともって
父さま母さま兄妹もいる
みんななかよく肩組んで
中心に頭をそろえて輪になって

つぶらな瞳を向ける子らに語りながら
保はあの丘の蜜柑の木を思う

だんだん畑は南の風を受けていた
向うは光る凪いだ海
陽射しがまぶしい丘の斜面
ほたほたぬくもる蜜柑の木
花のころ　あたりに漂うあまい香り
みつばちは羽音をたててさわいでいる

八歳の時父が亡くなった
長兄とは腹ちがい
親子ほど歳が離れていた
保は母に連れられて大屋敷から分家して
家を出た

慣れない土地で小さな家に母子で暮らす

海のかわりに湖があり水鳥が降りて鳴く
夜　灯りの下で風に揉まれる一羽のアゲハ蝶となる
冬　街はすっぽり雪ごもり　銀張りの夜

湖畔の街で十三年　保は母と都会へ出た
大学卒業の年の暮れに母が逝き
その翌年に妻が来た

ふたりの子供に恵まれて
子らと一緒に炬燵にあたり蜜柑を剝くと
ふとあの丘が浮かんで来る
　ああ今ここに　あの陽射しと風がある
　蜜柑の実のような家庭が　ここにある
子供のやんちゃを叱るとき

涙をためた瞳を見ながら自分が先に泣いた
召集令状が来るまでの束の間のこと

＊　高祖保＝一九一〇〜四五年、牛窓出身

いよべの山の

いよべの山には狐が棲むという
いたずら好きだが憎めない女狐だとか
この山で狐やカラスの歌を詠む人も多いらしい

秋の空は高く澄み
山の木々は色づきはじめた
ツツジが連なるゆるやかな坂道をゆく

小さな黄蝶がついてきて

先になったり止まって待ったり
道案内をしてくれた

山頂は桜の木のある展望台
この山に今も狐はいるだろうか

眼下は一面黄金色の稲穂
集落が点在して日の光を浴びている
川はゆるやかに蛇行し悠々と流れて

振り向くと子供の背丈ほどの詩碑*がある
自然石に素朴な書

いよべの山の　子烏《ガラス》いちわ

とべないのかな　かさかさっ
お地蔵様も　みておいでだ
烏のめも　まあるい

巣から落ちた子烏を見守る澄んだ瞳
無垢な子供の心で書かれた詩だ
アキアカネが碑の肩に止まっている

さわっ
ススキがゆれた

＊　詩碑の詩・井奥行彦氏作

果実　—詩誌「アリゼ」入会—

丘の上に一本の樹が見える
天に向かって逞しく立ち
さわさわと風に揺れて

緑の葉の中に赤い実がたくさん生っているようだ
陽を受けて輝いている
樹の下で　実をもぎ取り　ほおばり
甘い果汁を滴らせて食してみたくなった

丘はすぐそこに見えたのに
すすむたびに遠ざかる
川に沿って行き川を越えて街を越えて
坂を上り　ようやくたどり着いた
あたりは甘い匂い

樹のまわりにはすでに大勢の人々
そこらじゅう吐き捨てられた黒い種が散らばり
美食家たちは満ち足りた顔で
口のまわりをぬぐっている
しずかにおしゃべりしながらほほ笑んで

おずおずと近づき果実に手を伸ばそうとすると
さっと道をあけてにこやかに迎えてくれた

どれも赤く　どれも甘そうに見える
手の届くところのを一つもいで口にする
と　いきなり渋が口の中にまとわりついた
渋柿でも茱萸《ぐみ》でもないのに　この実は何だ

みんな　くすくす笑っている
　熟すまで　何年も待つのよ
時をかけて待てば
本当にどの実も熟すだろうか
私は熟した実が見分けられず　渋は口に残って

リセット

パスワードが正しくありません
アカウントを入力してください
暗証番号を　認証コードを……
指令に翻弄されて私の脳は悲鳴を上げる

夢うつつの中　低い声がリズムを刻んで迫る
耳元でふいに大きくなりまた遠ざかり
眠りの中まで追い立てて攻める
ふと目が覚めて声は消えた

深く息をして今見た夢を静かにリセットする
やさしい子守歌や懐かしい景色に包まれて
朝まで眠れるように
記憶の森に分け入り遠い昔を探る

眠れぬ夜は　岸田今日子の朗読*を聴く
目を閉じるとそこは天空
夜空を走る鉄道に乗り天を旅する
桔梗色の空に星がちりばめられ
白く光る川となって流れて
サザンクロスやサソリの火が輝く
見たこともない景色に目を奪われ心が躍る
乗り合わせた人たちの会話に引き込まれながら

一緒になってはしゃいだり沈み込んだりしてゆく
「本当の幸いってなんだろう」
旅の中で何度も問われる

ボタン一つで行ける魅惑の空の旅
けれど隣にはいつも死が座っていて
必ず悲しい別れが訪れる
その悲しみに出合うために
今夜もまた旅に出る

カーテンの隙間から光がこぼれて朝が来た
青いランプが点いたままのプレイヤーの
ボタンを押して
新しい今日が始まる

訳もなく何かが満ちてくる予感

＊「銀河鉄道の夜」（宮沢賢治）

あとがき

このたび第五詩集『叫び』を上梓することにいたしました。

自分の奥底に静かに向き合うとき、未だ鮮やかに息づいている光景に出合うことがあります。

生まれ故郷の岡山県南の牛窓のこと、父母のこと、嫁ぎ先の岡山市東区の古道里《こどうり》のこと、舅姑のことなど、今なお奥底の深い淵の中で生きていて、立ち止まり目を向けると、にわかに当時のままに動き出して私をその場に立たせ、過去の世界へ引き込みます。悲しいこともありましたが、元気づけられることも多かったです。

もう一度その場へ降り立って書いてみたいと思いました。

二〇二〇年十二月

重光はるみ

著者略歴
重光はるみ（しげみつ・はるみ）

1949年　岡山県生まれ。

詩集　2006年『跡形もなく』（土曜美術社出版販売）
　　　2010年『海が消えて』（土曜美術社出版販売）
　　　2012年『いつかきっと』（土曜美術社出版販売）
　　　2015年『細家風が吹いて』（土曜美術社出版販売）
所属　詩誌「火片」「アリゼ」同人
　　　岡山県詩人協会　中四国詩人会　日本詩人クラブ
　　　日本現代詩人会　各会員

現住所　〒710-0038　岡山県倉敷市新田2415-1
　　　　　　　　ジェイシティ倉敷1004号

詩集　叫《さけ》び

発　行　二〇二一年四月十日

著　者　重光はるみ
装　丁　高島鯉水子
発行者　高木祐子
発行所　土曜美術社出版販売
〒162-0813　東京都新宿区東五軒町三―一〇
電　話　〇三―五二二九―〇七三〇
ＦＡＸ　〇三―五二二九―〇七三二
振　替　〇〇一六〇―九―七五六九〇九
印刷・製本　モリモト印刷
ISBN978-4-8120-2615-1　C0092